Lola et Max

Lindsey Gardiner

Pour Maman et Papa,
vous êtes les meilleurs, tout simplement.

Adaptation française de Marie-France Floury

Publié pour la première fois par Orchard Books en 2000
sous le titre *Here come Poppy and Max*.

© 2000, Lindsey Gardiner pour le texte et les illustrations

© 2000, Gautier-Languereau / Hachette Livre pour l'édition française

Le droit moral de l'auteur-illustrateur est expréssement protégé
par le droit de la propriété intellectuelle.

Tous droits réservés

ISBN : 2.01.390830.X

Dépôt légal n° 9156 – avril 2000 – Édition 01

Loi n° 49-956 du 16 juillet 1949 sur les publications
destinées à la jeunesse.

Imprimé à Singapour.

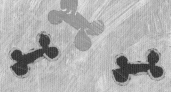

Voici **Lola.**

Et voici **Max.**

Lola adore imiter les animaux.   Elle...

haut !

s'étire

comme une girafe,

splash!

patauge

comme un canard,

se dandine

comme un pingouin,

rooarrr !

rugit

comme un tigre,

hop !

bondit

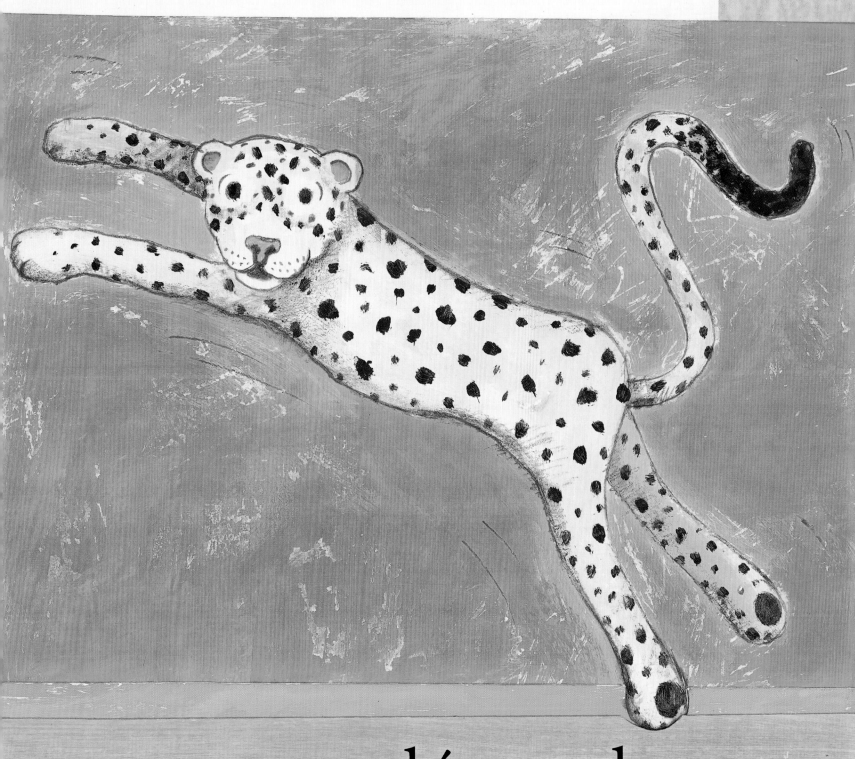

comme un léopard,

tient sur un pied

comme un flamant rose,

boing, boing !

saute

comme un kangourou.

Et quand Max est fatigué, elle attend un peu…

avant de recommencer !

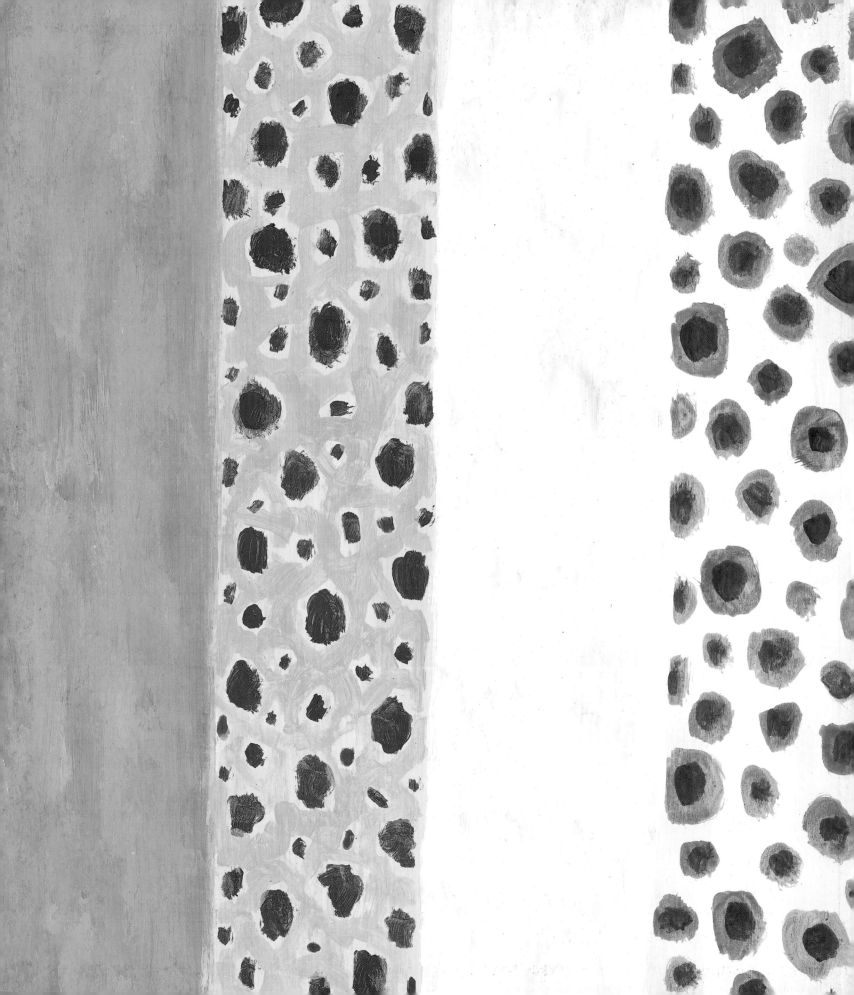